研露樓琴譜

拙圃崔應階手訂

黃鐘調

緊五畠一

胡笳十八拍

其一　榆塞秋高

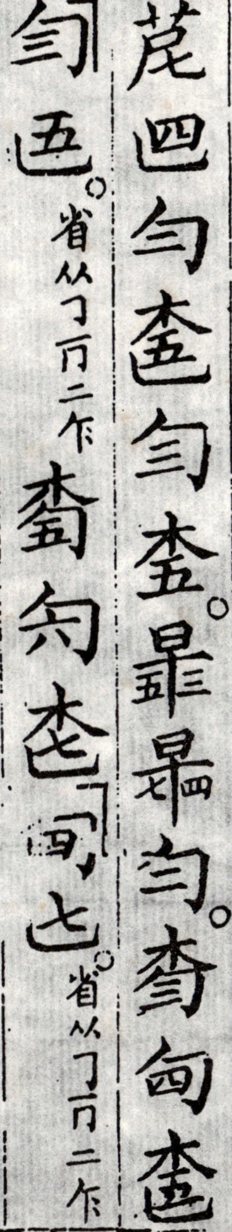

古黑水穆敬止氏重刊

研露樓原本

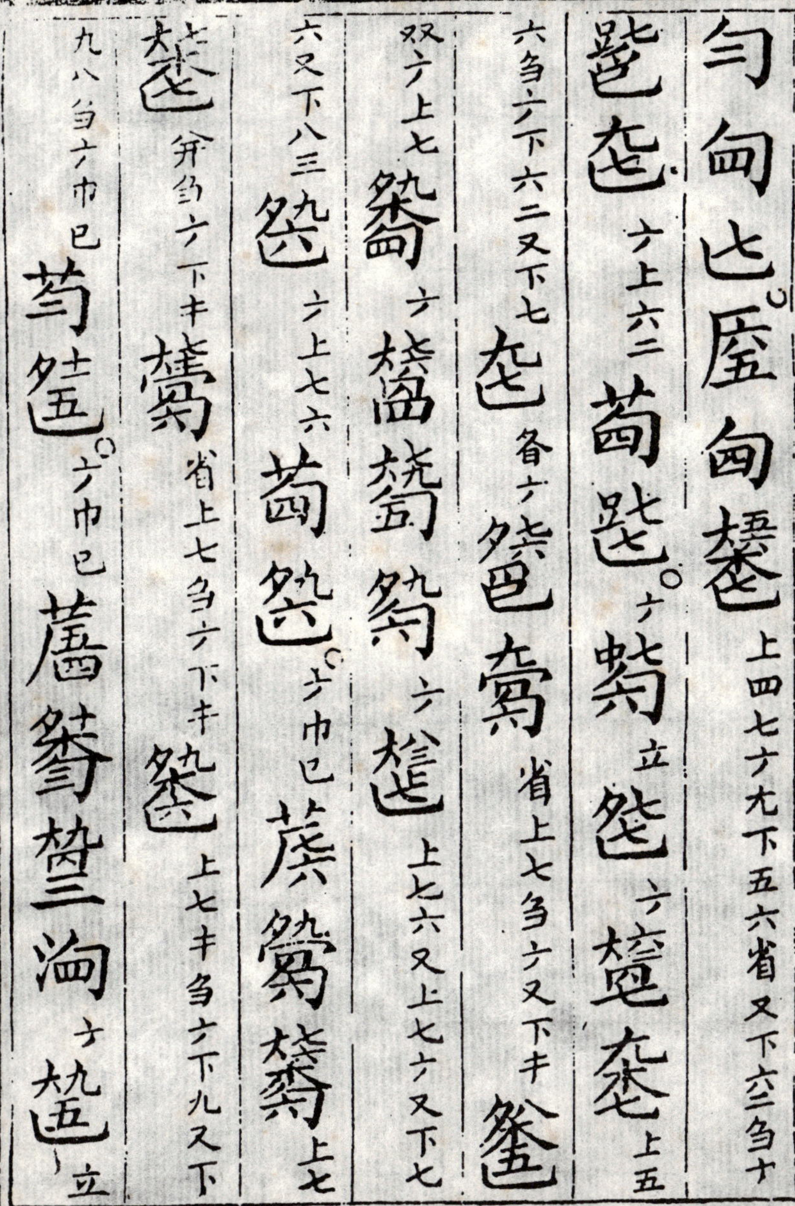

[illegible] 弁豆 [illegible] 弁ナ [illegible]

[illegible] 上九 [illegible] ナ [illegible] 上九小立下十巾巳 [illegible]

其二　霜天夜永

省 [illegible] 省 [illegible] ナ上七六又上七 [illegible]

[illegible] ナ上六二 [illegible] ナ上六二 [illegible] 备ナ [illegible] ナ上

七ナ [illegible] ナ [illegible] 弁 [illegible] 巾巳 [illegible] 上

七九ヲ [illegible] 上七 [illegible] ナ上六二 [illegible] 省 [illegible]

胡笳　黃鐘

古黑水穆敬止氏重刊

研露樓原本

上五六ナ又上四七 [illegible] 省上四三 [illegible] 九上四三多ナ下四七又下五六

ナ [illegible] 省上五六 [illegible] 省立爪巳 [illegible] 立 [illegible] 六上

七 [illegible] ナ上六二 [illegible] 双立下七 [illegible] 弁豆 [illegible] ナ上

六二省声立九下七 [illegible] 弁豆 [illegible] 爰ナ [illegible] 午上七 [illegible]

[illegible] ナ [illegible] 省直下八又省九 [illegible] 至立 [illegible] ナ拾 [illegible]

[illegible] 女一 [illegible]

其三　哨馬嘶風

[illegible]

其四 鴻雁來賓

[illegible]

[illegible]

其五 萬里思家 變

[illegible]

其六 星霜一紀

[illegible]

句 ㄋ上七半 𤄭 笆 当 洄 上九ナ九下十 芍 苣。 苣

笆 芍 上九 芶 ナ 蚩 沟 ㄋ上七六 𡚒 上七上ノ 𣕾 夕

立 笆 芍 𣕾。

其七 漢使傳音

九 芶 省上八ナ又上七 𡚒 ㄋ上六三 𡚒 芶 省 𣕾 芶 𣕾

上五六ナ 芶 𣕾 上五六ナ又上四七 𡚒 ㄋ上四七 𤄭 笆 𤄭

ㄋ 𤄭 𡚒 ㄋ上四七又下五六 𡚒 芍 𤄭。 𤄭 ナ上四七

胡笳 黃鐘

𡚒 𤄭 爰弁 笆 鏖 芍 𤄭。 𤄭 九午上四七 𤄭 ナ

𤄭 洄 立 当 上五 句 ナ 奆 夕上四三 𤄭 弁豆 笆 𤄭

ㄋ 𤄭 𤄭 弁豆 笆 芍 𤄭 芍 𤄭 上五 𤄭 九上四

三 芍 𤄭。 𤄭 立下五 𤄭 上半 芍 𤄭。

其八 千金入牘

𤄭 洬 弁ナ 芶 上五 𤄭 弁豆下五六 芶 𤄭 芶 笆

句 𤄭 ナ 𤄭 芶 洬 九上六二 𤄭 末声 夕立下七夕ナ

[illegible]

胡笳 黃鐘 [illegible]

[illegible]

其九 衆軍惜別

[illegible]

上八三 [illegible] 上九 [illegible] 省上九 [illegible] 豆 [illegible]

[illegible] 六 [illegible] 上九

[illegible] 九上七六 [illegible] 上七 [illegible] 下十 [illegible] 上七 [illegible] 下十 [illegible]

上九九下十 [illegible] 上八又上七 [illegible]。

其十　別子言歸

[illegible] 立艮十二百 [illegible] 省 [illegible] 立艮十二百 [illegible] 上七六 [illegible] 下九

[illegible] 下九 [illegible] 立 [illegible] 立艮十百 [illegible] 立艮九八百

胡笳　黃鍾

[illegible] 上七立 [illegible] 立下九 [illegible] 上八 [illegible] 豆 [illegible] 从

豆口乍 [illegible] 立 [illegible] 各十上九 [illegible] 弁立 [illegible] 五 立

[illegible] 上九九下十 [illegible] 四 立 [illegible] 弁豆 [illegible]

[illegible]。从丁口乍前句至後句重 [illegible]

省 [illegible] 四 上七六 [illegible] 豆 [illegible]

[illegible]。

十一　沙漠連雲

[illegible]

十二 塞門積雪

[illegible]

十三　韡鼓邊城

𢉖蛰上八犭下九又下十一厈立扒　芑蛣犭芑蛰立

艮十一㕣　菡蛰犭苙鴛上七六㕯　芶夕又厈上七当亠

下丰　莛鴛。莛鴛鴛犭拾鷸上七ナ又上六二鷸廿

三女一上七　芶鷸、鷸亠上七　𠷎洷亠上六二九下七䒦

萄廿六女一㹌亠上六三　奆㹌亠上六三　楚䒦䒦

鶲亠𡍩匀上丰ナ下七　𦬙㓁廿五女一。

胡笳　黃鐘

古黑水穆敬止氏重刊

研露樓原本

十四　青山故國

㹌亠上六二　奆芶。楚芶楚上五六ナ　芶楚上五

六ナ又上四七　奆上四三　芶楚九上四三ナ下四七又下五六ナ　𨂺

奆上五六　芶𨂺。鷸亠上五六　奆亠上四七　奆芶省

楚省上四三　芶楚九上四三当ナ下四七又下五六ナ　𨂺𨂺𡕒亠

𡘯奆ナ上四七　奆𡘯亠上四七　𡘯𨂺𨂺𡘯

九上五当亠下五六又下六五ナ　𦬙劉𦬙七亠𡕒上丰当

[illegible]

[illegible]

女一[illegible]。

十五　再世中華

[illegible]

[illegible]

[illegible]

[illegible]

[illegible]

[illegible]

[illegible]。

十六　寒泉洗玉

[illegible]

[illegible]

尼豦匀六夻鬳匈五匈盆匞芶湆卞省
上六二七勫卞匀洶卤上十泗甃鎗上七蚐卞上七
楚立毚蚐上六五艮旬芍鎗巳蚐筠楚匋
楚正匔上七六庚立籥甾茝匋上九又上八卞巾巳
匒。

十七 感舊傷時

匔洶上十卞楚豆匔夻卉豆寫鎣卉甾匈

胡笳 黄鍾

鎣卉甾芼勻匔芷甃盩盩寫卉豆
甾茝匋鳌蚤。

十八 淒然一夢

甚芶团甚匔卞匋六卞上七六夻鎣八卉
甾匌卞埜立四卞甾匋泗省扌匀匈盩
卤上八鶯卉豆甾洶卞㠭省洶匀埜泗
卞寫卉豆甾茝匋茝。匋洶拾匔廿四女一

[illegible] 廿四女一[illegible]巳 [illegible] 合 [illegible] 廿一女一 [illegible] [illegible]。

[illegible] 下八三 [illegible] 下八九 [illegible] 乡上七千 [illegible]。

[illegible]

[illegible]。[illegible] 乡下九 [illegible]

[illegible] 合 [illegible]。

巳七 [illegible] 六 [illegible]。[illegible] 五 [illegible]

[illegible]五。 [illegible]

胡笳 黄鍾

古黑水穆敬止氏重刊

大雅　凡十段

黄鐘調　緊五慢一

其一

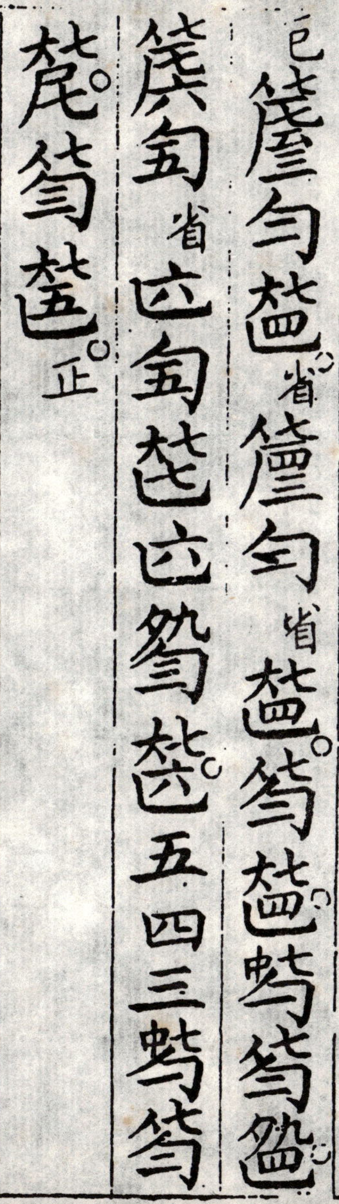

其二

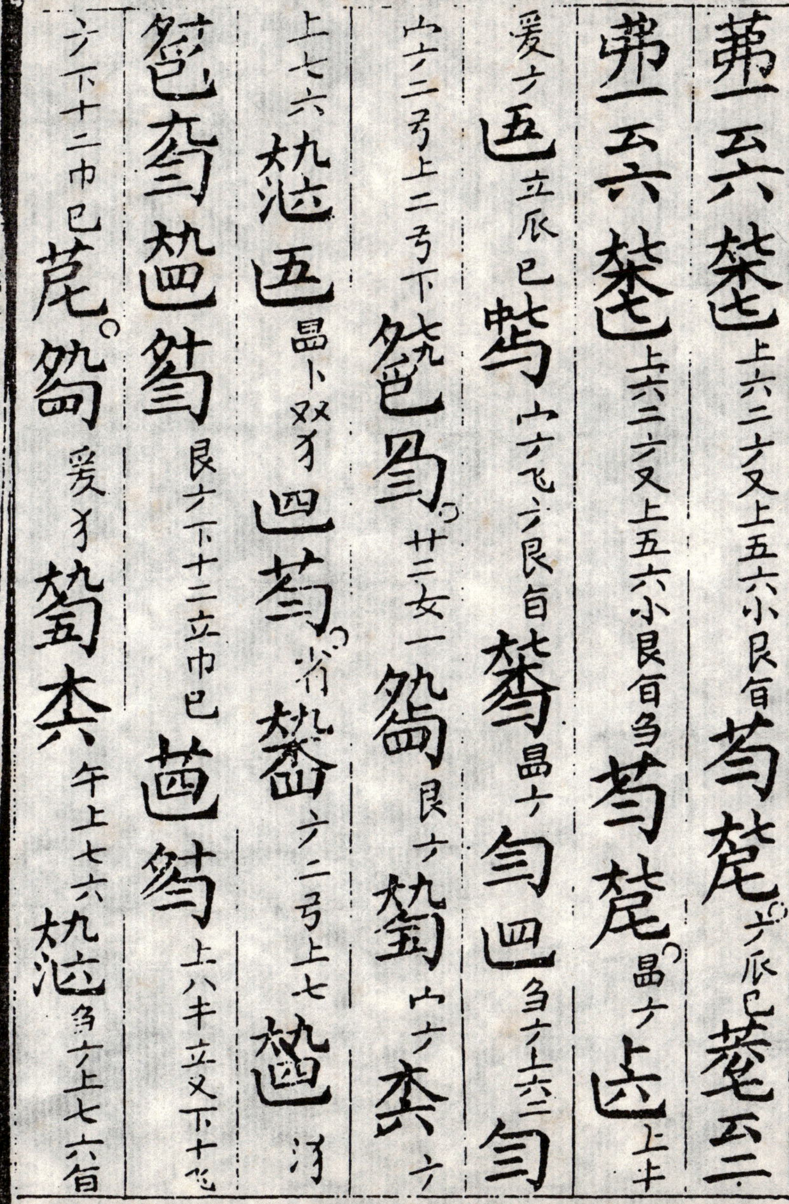

𠫬夯斋山ナ上四立笆勻省大艮白巴上九夯九上八省

二下十立勻茳。三玄立巾巳茁笃。蒟爰ナ茁省二上

六上蒟爰ナ茁蒟芶杢午上八丰芑立苉夕上九

笃蒟山ナ省茁卜夯茁爰ナ茁卜上九茁五ㄅ立三笆

蒟笆五大立蒟茳省笃大立巾巳蒞蒟ナ宀上十

笃立巾巳芶尾。

其三

大雅　黄鐘

蒟𦫳省立辰巳蕪匋省茳、蒟茳上七六ナ又上七

上丰杢ナ笃笆。巨ナ芶上丰ㄅ蒟山ㄅ苉咼上五立斋ㄅ

上丰盇笆蒟茳六上𠫬夯上七合茳。

上丰ナ下七杢山ナ上茳下七又下八立笆句汈埶上八ナ

五庄下九咼上七盇夯杢上八ナ巨夕下九笆勻山ナ大艮

白勻上九合六茁匕六五四三玄二上七飞ナ同下九笃

荃𦫳。

其四

其五

大雅 黃鐘

[illegible]

其六

[illegible]

大雅 黃鐘

[illegible]

其七

[illegible]

古黑水穆敦止氏重刊

研露樓原本

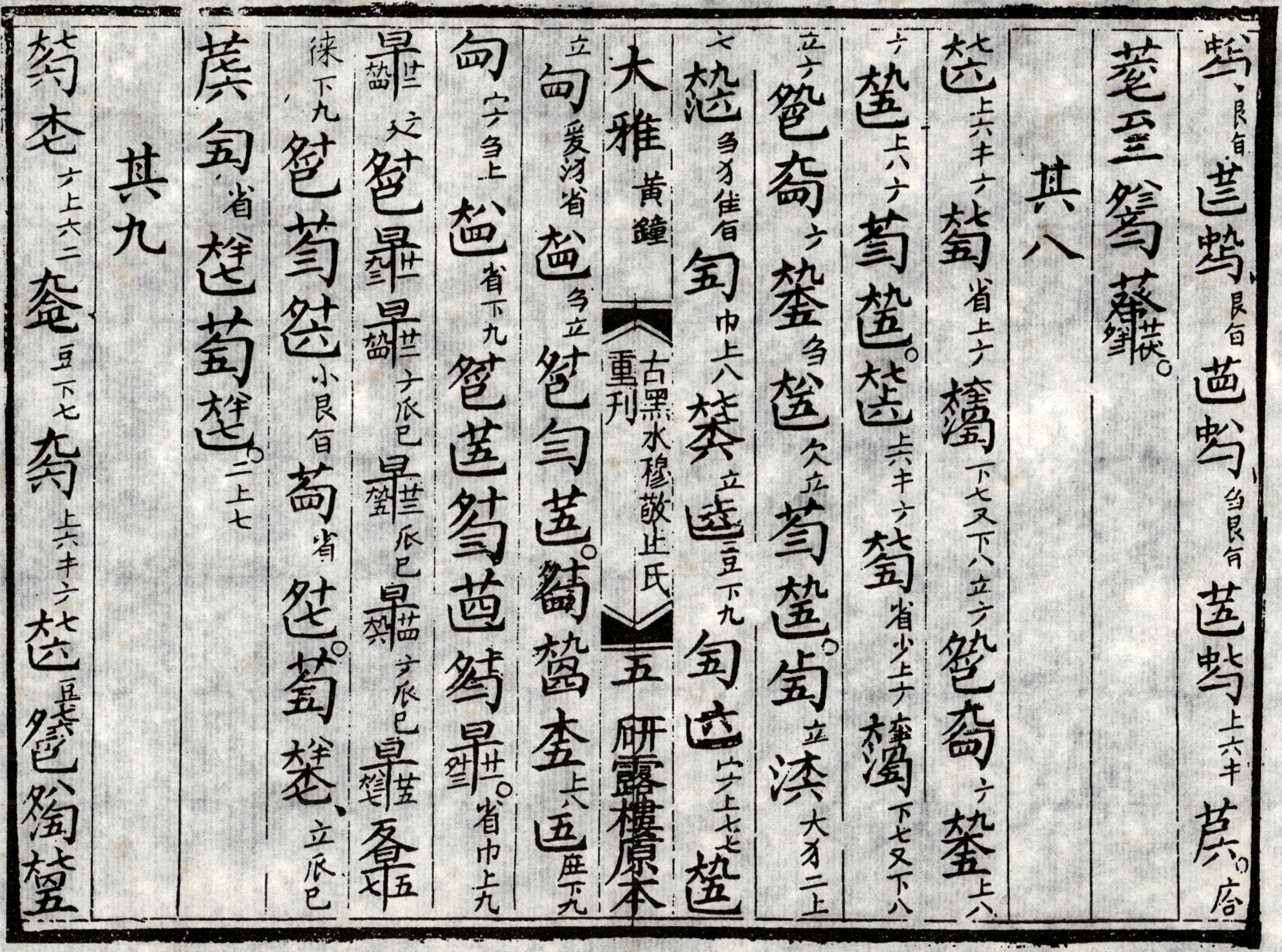
其八
大雅 黃鐘
古黑水穆敬止氏重刊
五
研露樓原本
其九

[illegible] 省上六半爰ナ [illegible] 豆乌才 [illegible] 。廿五女一

[illegible] 立 [illegible] 爰ナ上六二 [illegible] 省 [illegible]

上六二 [illegible] 豆乌才 [illegible] 。廿三女一 [illegible]

[illegible] 。[illegible] 上六半 [illegible] 十上六二 [illegible] 十自 [illegible] 巾上半

[illegible] 弁豆下七 [illegible] 立 [illegible] 爰ナ [illegible] 豆九 [illegible] 大省上八乌

ナ又下九 [illegible] 省 [illegible] 趺宕 [illegible] 省 [illegible] 上七乌下

八活旨 [illegible] 上七六省徐巾巳 [illegible] 。[illegible] ナ

大雅 黃鐘

[illegible] 上七乌下八活旨 [illegible] 爰ナ [illegible] 入昌 [illegible] 省 [illegible]

上八ナ又上七下八ナ又下九 [illegible] 。

古黑水穆敬止氏重刊 六 研露樓原本

其十

[illegible] 。[illegible] 十上七六 [illegible] 乑巳巳

[illegible] 省 [illegible] 上九 [illegible]

[illegible] 上十一才下十 [illegible] 。

[illegible] 巾巳 [illegible] 上十乌下卜巾巳 [illegible] 。[illegible]

钅句爰ナ甃蔔 二弓上七 乇句氵巳 品ナ上六三六 大甃

欠立 𣥖ナ夳上キナ匹乡下七甃貐立丬蝥匹乡上五六

大夳𣥖爰卜ナ省佳旨匹巳蚐○厓勺正㡯巳巳蚐

正 𣥖五晕乓○

㚇

古黑水穆敬止氏重訂刊

研露樓原本

瀟湘水雲 凡十二段

蕤賓調 緊五一徽

其一

[illegible]

[illegible]

[illegible]

[illegible]

古黑水穆敬止氏重刊

研露樓原本

其二

[illegible]

[illegible]

[illegible]

[illegible]

古黑水穆敬止氏重刊

研露樓原本

大ナ[illegible] 乡小良[illegible]九 [illegible] 乡立良九十[illegible]九 [illegible] 省小良[illegible]乡上七七

乡下九[illegible] [illegible] 上九下九十才 [illegible] 上十爰ナ [illegible] 乡上十上九 [illegible]

啓

其三

[illegible] 良ナ上八三 [illegible] 小住[illegible] [illegible] ナ上八三 [illegible] [illegible]

省 [illegible] [illegible] 卌女一 [illegible] ナ上九上八[illegible] [illegible]

上九乡上七六 [illegible] 此音要不定从九山[illegible]下九十双才乡 [illegible]

[illegible] 上九才乡下十八 [illegible] 上十爰才又乡上九乡上八 [illegible]

[illegible] 午上九 [illegible] 省 [illegible] 爰卜ナ [illegible] 省 [illegible]

[illegible] 上十 [illegible] 上九 [illegible] 住十[illegible] [illegible] 上十 [illegible] ナ [illegible]

[illegible] 上九 [illegible] 上九乡下九八才 [illegible] 上十ナ [illegible] ナ省

[illegible] 乡上九又乡上八ナ [illegible] 下九乡下十又下十一才 [illegible]

其四

[illegible] 省上十ナ下ト[illegible] 下十二才 [illegible] ナ上十大良[illegible] [illegible] 良[illegible]乡午上七十

茧 啓中又上六半 茈、啓中旬下七 莫〇啓 蚼 十上十大良旬 茴蚼、彡

良旬 茧 省 蚼 彡良旬 蔗蚼、彡上六半 茈 啓中旬小五彡下七 莀、啓

蜻 才上七彡良旬又彡下七半大才扎 蘆 勻 省 四 勻 四 四〇

其五

稍疾 䔿 薟 芍 莅 蘴〇 从五𠂇下七 蚼 䔰 苣 省大五才后午五 䔰

芍 𡰪〇 层 蚼 苣〇 省 蚼 芍 蒚 省 蒿 蒚 彡上六八十 苣 大五

蒚 苣 上六二六 蒚 五 上六半下六八才后加午五七 大苣 䔿 薟 䔿 鶢、

瀟湘 雉賓

古黑水穆敬止氏重刊 三 研露樓原本

廿四女一 𩯠〇 三尸、 蚼 萵 鴑 於 鴑 萵 廿二女一 芍 鴑〇 省 萵

省 蒚 萵 豆下七六彡五后加午五九 苣 莔 芍 盌〇 彡上七八又彡上七 芍

勻 盌〇 䔿 上九十 盌 彡下十又彡下十二巾巳 蓮 芍 蓮 蚼 鴑 鴑

蒚 盌 鴑 彡上十又彡上九 萵 彡下十彡下十二五巾巳 蓮 芍 蓮〇 蚼

鴑 七上十 茴〇 啓 薹 勹 省 马 勹 蚼 鴑 十上十 茴 啓彡旬

又午上六半 茧 啓彡旬又厈上七六 莀 啓 鴑 下八彡七七中又下八彡十巾巳

茴 蚼九 茴 蚼九 下十大十又下十扎 芍 茴 蚼 蘆 彡扎 芍 茴〇

其六

同前四段水雲聲

其七

稍疾音 [illegible]

瀟湘 雜賓 [illegible]

其八

[illegible]

[illegible] 卜 [illegible] 大 [illegible] 省 [illegible]

[illegible] 立 [illegible] 巳七 [illegible] 正 [illegible]

[illegible] ㄅナ上六八 [illegible] ㄅ下七八ㄅナ [illegible] ㄅナ上九 [illegible] ㄅナ上七六 [illegible]

[illegible] 省上七 [illegible] 省上七 [illegible] ㄅ下七七 [illegible] 上七ㄅ下七四 [illegible]

[illegible] ㄅ上八又上七 [illegible] 省 [illegible] 上九 [illegible] ㄅ下十

又十二巾巳 [illegible] 上八四 [illegible]

[illegible] ナㄅ上十 [illegible] ㄅ小 [illegible] 巾巳 [illegible] 卜 [illegible] 省

瀟湘 [illegible]

古黑水穆敬止氏重刊 五 研露樓原本

上十ナ [illegible] 上八四ㄅ上七六又上七ㄅナ巳 [illegible]

四 [illegible] 五 [illegible] 省 [illegible] 正 [illegible] 小省ㄅ上七六 [illegible] ㄅ上七 [illegible] 下七七又下八

三ナ [illegible] 下十一十二十三巾巳

其九

[illegible] 省上十 [illegible] 上十 [illegible] ㄅ上十巾巳 [illegible]

[illegible] ㄅナ [illegible] ㄅナ [illegible] 省ㄅ上十ナ [illegible]

省上八四ㄅ上七六又上七ㄅナ [illegible] 巳 [illegible] 正 [illegible] 下八 [illegible]

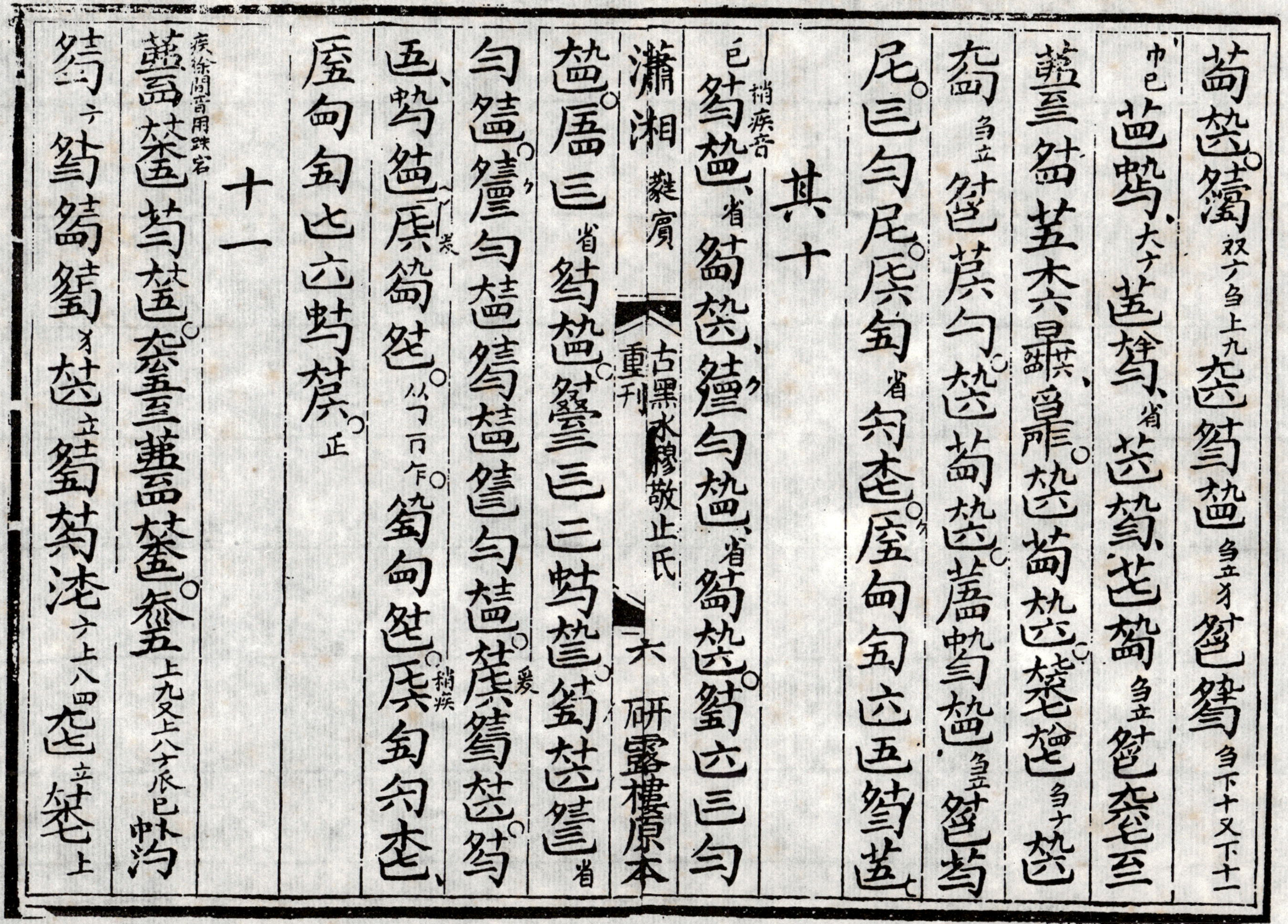

其十
十一
稍疾音
瀟湘
古黑水滕敬止氏重刊
六 研露樓原本

瀟湘 蕤賓 跌宕

十二

欵乃歌 凡十八段

蕤賓調 䟦五一山

其一

苙𦰩 省丁二乍 𦯬勻𦱊 上七六又上七ナ𠂢巳 𦳫。同

𦁕 𤇾ナ 𡖧𠤎𥃩 上七六又上七 𧺆 𠢽才午上七六九𦁕

𡖧 上八ナ下九立 𠂤 少ナ 𡖧。廿四女一省 𡘲 上九彡ナ 𦀚

𡖧 上十立 𦀚 ナ巾巳 苙𦰩苙。𦰩 𠣊 𠕾 𠄎

欵乃 蕤賓

𠣊 上六ナ九下七𤇾才 𦀚 少ナ 𡖧。廿四女一 𦰩 𠣊 𠄡

𦰩 𦯬 𦱊 𦯬。𦀚 𦰩 𤇾才 𦰩 上八ナ下九立 𦀚

𦱊 𦰩 𦯬。

其二

𡘲 𠣊 𡱈 𠄎 𠣊 𡱈 𠣊 𠣊 𠂤 四 省 𡲢 𦰩

才上十省上九𤇾ナ 𥃩 上七六又上七ナ又下七六又下八三 𠂤 𦯬

𦰩。𦰩 上九 𦰩 𤇾才 𡖧 𠣊 ナ上七六 𦰩。廿五女一

上七九下七六又下八三丘
粢亖萬函匋荮省㐌午上六二𦬼爰才𦰩夕圭

巾巳上八三九下十又下十二巾巳
茍𫇭䒷十上八三茍䒷。䕅匀
𨒪十上十芍㚒。少十

上十二爰十
䕅𦫵䓞䒷上十又上九十
𦰡匋十爰十䒷省茍从丁冂作茍从丁多立下九

三作上七九下八又下九立
茍䒷多十茍䒷上九又上九䒷十上九芍䒷。少十蒦上七六又上七十下七六又

下八三
款乃𧱼賔䒷少十㬎、皋。

《古黑水穆敬[illegible]氏重刊》
三
研露樓原本

其三

𦱤𦬼上九爰十𦬼上七六又上七十下七六又下八三䒷

茵芍。䒷上九䒷上九茍䒷。茍䒷。

䒷上九茍匋才匋匀多十上七六䓍。廿五女一茍䓍。

上七又上六千十又上五六
䒷上四八九下五六又下六二丘七䒷㐌上

六二
茍䒷。少十蘆𦬼爰十䒷双十午上六一䒷圣双十

[illegible] 上六十又上六ナ又下六十又下七

[illegible] 省 [illegible] 三尸 [illegible] 廿四女一 [illegible] 少ナ

[illegible] 爰ナ [illegible] 午上八 [illegible] 爰才 [illegible] 上七十ナ又下七十 弁上

[illegible] 上七六九下八三又下十 夕立 又下 [illegible] 上七六立

[illegible] 三 [illegible] 十二巾巳

其四

[illegible] 省 巳

欸乃 [illegible]

《古黑水穆拔止氏 [illegible]刊》 三 研露樓原本

[illegible] 省 [illegible]

[illegible] 从丁丂乍 [illegible]

[illegible] 正

其五

[illegible] 省爪巳 [illegible] 从丁丂乍 [illegible] 省 [illegible]

[illegible] 上七夕立 [illegible] 夕ナ [illegible]

[illegible] 上七 [illegible] 上六十九下七又下七六夕立 [illegible]

茍甃、蒀勻匃甃。蔳𦸩 夕十上七 芑茍

芑。蓌匃芑 十上六二又上五六 𦼫茍𦷂。蓌匃

𦷂。上四八九下五六又下六二五 𦱿芑 十上六二 茍𦱿。

其六

莁 上六半 蔔 省 亡蔔勺洵 十上六二 芶 十 芶𧂆

上七夕下七六 𦸗𥁕匃 十 𦸩蔔 十上七五 蔔𦸗

芍𥁕。𧊱芍𥁕莁尘 上六半九下七 𦸗𦸩

款乃 褩㾮

𦷂𦷂。蚼𧊱𥁕莁𦸩 上七大九下八三 𦸗

茵芍 上八三下十又下十二五巾巳 蓖。亡勻尼。

其七

蒀蚼 十 𧊱𦸩 十 𦸩 省 莁𦸩 省 莁𦸩

莁𦸩 上十夕徐巾巳 𦸗𦸩 十上十启 茵匾勻

匃蒀𥁕莁。𥁕 上九 𦸩芑。𥁕 上九 𦸩

十 匃亡 十上七六 𦸩。𦸩亡 上六半夕十下七 𦸗𦸩

其八

[illegible]

款乃 難實

[illegible]

其九

[illegible]

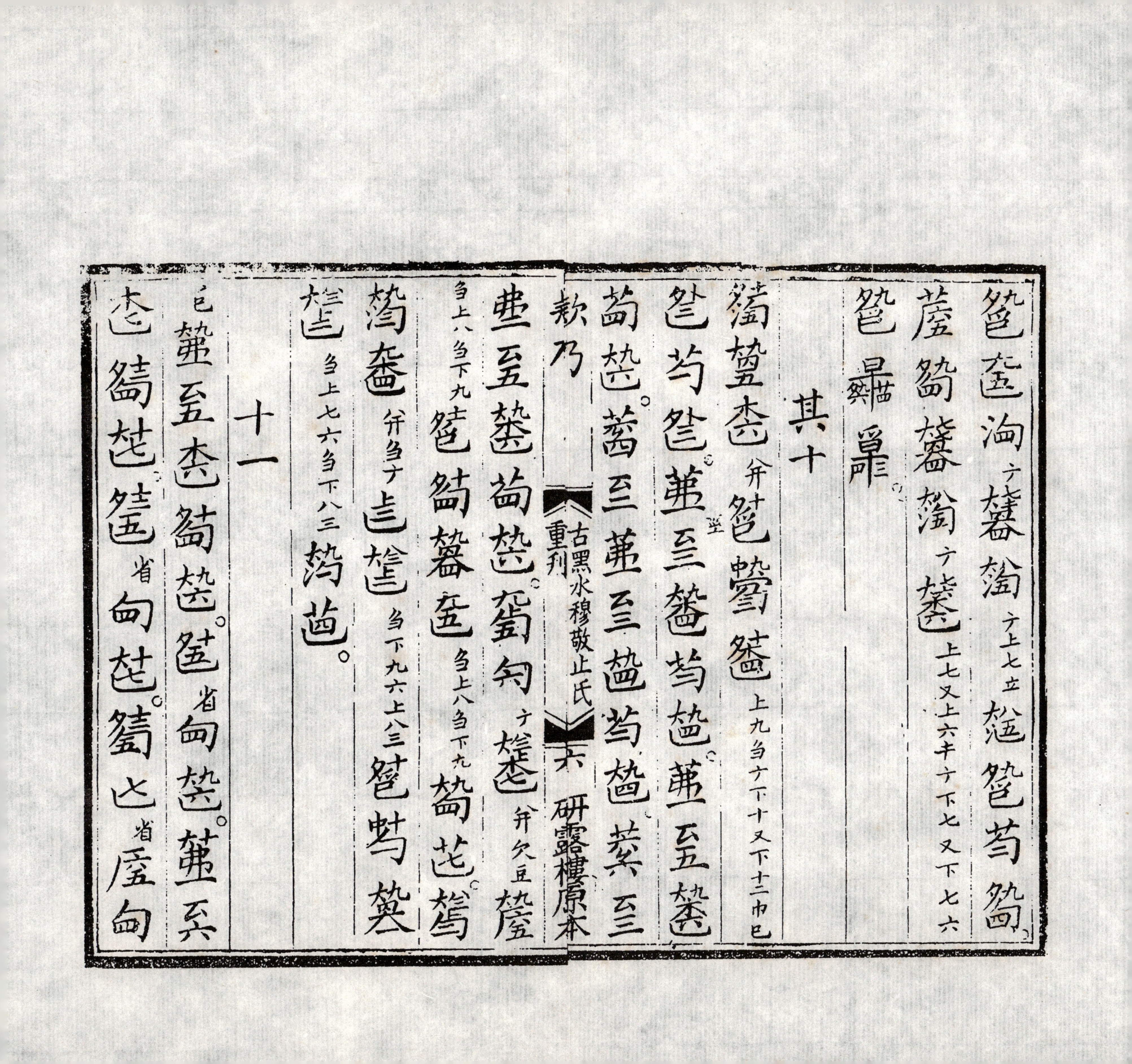

[illegible]ナ[illegible]ナ上七立[illegible]

[illegible]ナ[illegible]上七又上六千ナ下七又下七六

[illegible]

其十

[illegible]弁[illegible]上九刍ナ下十又下十二巾巳

[illegible]

[illegible]

款乃

[illegible]ナ[illegible]弁欠旦[illegible]

刍上八刍下九[illegible]刍上八刍下九[illegible]

[illegible]弁刍ナ[illegible]刍下九六上八三[illegible]

[illegible]刍上七六刍下八三[illegible]

十一

巳[illegible]省[illegible]

[illegible]省[illegible]省[illegible]

笹。䈂西省㕓䈂䈂䈂笣笣。䈂䈂

𥮒。正

十二

笱爰作笥笥笹。𠂢巳䈂笥笥笥笹。𠂢巳

䈂笥笹。从丂丏乍笣笥笹上七九下八三又下八七十笣

笹六上八三笥笹。䈂十䈂䈂笥上八九下九笣

䈂廿四女一䈂。三尸䈂笥十䈂䈂上七七又下

敹乃䊭賔

八七笣笹六上八三笥笹六上八三笥笹。上八三九下十

又下十二巾巳笹六上十笱笲。

十三

十六䈂䈂䈂䈂双十上八三省上七六又上七笣十

䈂上六十九下七笣笣十䈂䈂䈂笥上

六十九下七笣笣笹笹笥䈂笹笹笥。

笣笥笹。笱笹。笥笹上八三九下十又下十二巾巳

𮃢 亠上十 芍 𤀝。 𦺮 上十 茁 𦺮 茁。 𠣷 𧂐

𦺮 上九九下九八巾巳 蘦 𦺮 莤。

十四

巳 [illegible] 勻 𦺮。 勻 𦺮 省 [illegible]

勻 𦺮。 𦺮 𦺮。 𦺮 𦺮。 𦺮 𦺮 省 𦺮 勻

勾 杢 𡋯 𠣷 𦺮。「𦺮 勻 从丁丅乍 𦺮 𦺮 𦺮。

正

款乃 難賓

十五

𦺮 𦺮。 尽巳 𦺮 勻「 𦺮。 省从丁丅乌二作 𦺮 勻 𦺮。

𦺮 六 省 𦺮 𦺮 𦺮 上七七又下八七 𦺮 𦺮 𦺮 𦺮

上八三下十又下十二巾巳 芍。 冋省 𦺮 𦺮 𦺮 𦺮 芍。 省

𦺮 𦺮 𦺮 𦺮 芍。 𦺮 上六十九下下七又下七十 𦺮

𦺮 芍 𦺮。

十六

芍盍芍茵芍芍芍芶茵苣 上六半九下七八 笆

癸䒑 單 癸䒑 楚 茍 ㄅ 夽 上六半又上六ナ下六半又下七

笆 夽 廿四女一 癸苗 三尸 芶 ㄅ 匋 勺 夽 茍 楚

蓭 句 楚 省从丁 多二乍 苣 句 楚 癸共 省 癸共 癸共

癸共 癸共 ㄅ 弁 欠豆 蔞 笆 癸共 茍 蔞

十七

蔟 蔞 夽 ナ上五六 蔞 茍 ナ上四八 蔞 ナ 夽 上五

欵乃 欸賓

九下五六多立 蔑 夽 ナ上五六 茍 蔞 下七 茍 上六半 蔞

双ナ午上五六 蔞 蔞 蔞 蜀 蔞 上六半 楚 上六半九

下七 笆 蔞 多ナ 蔞 蔞 夽 走 上六半 多下七 笆

癸苗 省 癸䒑 省 癸苗 癸共 癸苗 癸䒑 芍 楚 盍 㔾

淘 ㄅ 匋 上六半又上六ナ又下六半又下七 笆 夽 五 葟

函 夽 省 夽 廿四女一 癸苗 三尸

十八

上六十又上五六下六十下七 廿二

女一 巾巳 上七六又上七十下七六又下八

三 爰才

爰才 下九

㔾ナ弁十 爰ナ上八三又上七六 㔾下

八三又下十 伏巳

正

欸乃 撻賓

[illegible]

ISBN 978-7-80663-293-2
9 787806 632932 >

一函四册

研露樓琴譜

作　　者　清・崔應階　選定
出版發行　中國書店
地　　址　北京市西城區琉璃廠東街一一五號
郵　　編　一〇〇〇五〇
印　　刷　北京華藝齋古籍印務有限責任公司
版　　次　二〇一三年六月第三次印刷
書　　號　ISBN 978-7-80663-293-2
定　　價　三二〇元